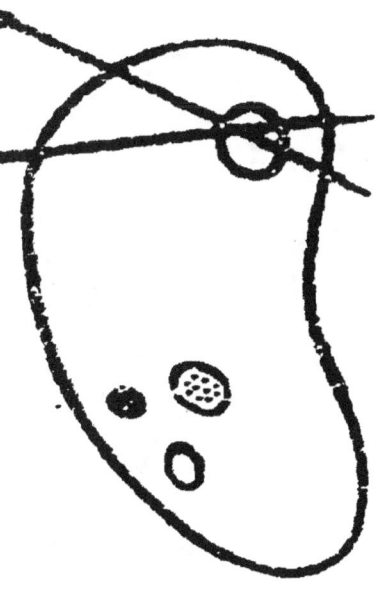

Couvertures supérieure et intérieure.
en couleur

COUVERTURES SUPERIEURE ET INFERIEURE D'IMPRIMEUR.

PERDU DANS LE DÉSERT

3ᵉ SÉRIE IN-12.

Je gagnai un vieux chêne moussu dans les branches duquel je voulais me cacher.   (P. 46)

MAYNE-REID

PERDU
DANS LE DÉSERT

TRADUCTION

DE LA BÉDOLLIÉRE

LIMOGES
EUGÈNE ARDANT ET Cᵒ, ÉDITEURS

PERDU DANS LE DÉSERT

Pendant mon séjour au Texas, j'entrepris seul une pérégrination jusqu'à San Antonio de Bexar, l'un des postes de l'extrême frontière. A mon arrivée, je trouvai les compagnies de tirailleurs établies dans ces quartiers, de fort mauvaise humeur. C'était tout simple, il y avait plus d'un mois qu'elles n'avaient trouvé l'occasion de tirer un coup de fusil.

DEBUT DE PAGINATION

Je n'ai pas entendu se plaindre plus amèrement de la saison que par ces soldats déterminés. En effet, que pouvaient faire dans le repos des gens accoutumés à une vie active et à des combats presque journaliers? Ils accusaient le monde entier de conspirer contre eux, et traitaient de conspirateurs non seulement les Indiens et les Mexicains, mais encore les puissances célestes et le soleil entre autres, qui, disaient-ils, avait juré par son absence de les faire mourir d'ennui et de consomption. Pour rompre la monotonie de leur existence, ils ne parlaient rien moins que d'aller de l'autre côté de Rio-Grande sacca-

ger quelques villages, ou de
faire un tour dans les montagnes et de mettre à feu et à
sang quelque ville indienne,
moyens anodins de faire sortir
les frelons de la ruche et de
trouver occasion de tirer quelques coups de fusil.

Après une longue délibéra-
tion sur cet important sujet, leur
brave capitaine Hays décida
qu'une expédition serait diri-
gée dans les montagnes, c'est-à-
dire contre les Indiens.

Chacun se faisait une grande
fête de cette expédition, et de
fait c'était un plaisir que tout
le monde n'est pas à même de
se procurer, car il fallait traverser un désert sauvage, passer au milieu des populations

indiennes et mexicaines, s'ex-
poser à mille dangers et à
mille morts, le tout, pour se
donner la satisfaction, comme
disaient ces braves gens de se
refaire la main et de se dé-
gourdir les jambes.

Un des motifs qui avaient le
plus particulièrement engagé
le capitaine Hays à prendre la
direction des montagnes de
San-Saba, c'est qu'il était à la
fois et chasseur et gourmand,
et qu'il comptait trouver dans
ces montagnes des ours à
chasser et beaucoup de miel
sauvage à récolter, car il est
bon que vous sachiez que le
brave capitaine avait une pas-
sion pour le miel.

La perspective de trouver

du miel détermina aussi un petit docteur gros et court, comme moi tout récemment arrivé des Etats, à se mettre de la partie, et au jour du départ, nous le vîmes arriver attiffé de la manière la plus singulière du monde, armé de deux vieux pistolets d'arçon, et surtout d'une lance qu'il nous soutint être la meilleure arme contre les ours. A l'arçon de sa selle pendait une grande boîte de fer destinée à renfermer la précieuse récolte de miel qu'il se proposait de faire dans la montagne. Ainsi équipé, il se montrait le plus déterminé de nous tous.

On essaya, mais en vain, de lui faire remplacer sa lance

par un fusil, il s'y refusa constamment, et malgré nos raille-
ries s'obstina à prétendre qu'il
manierait sa lance de ma-
nière à faire la nique à tous les
porteurs de fusil. Là dessus il
enfonça ses éperons dans le
ventre du poney courte queue
qu'il montait, et partit au galop. Tout le monde le suivit;
on était en route.

Il faut aux tirailleurs peu de
temps pour se préparer à une
expédition; car les troupes de
cette espèce ne sont jamais
prises à l'improviste, et sont
toujours prêtes à partir. Une
carabine, des pistolets, un
couteau de chasse, une coupe
d'étain, une gourde, une robe
de buffalo, un lasso, une bride,

une selle et des éperons, voilà tout ce qu'il faut au tirailleur : le reste ne le regarde pas, et il ne s'inquiète jamais de ce qu'il mangera le lendemain. Cela pour ainsi dire, regarde son fusil, car c'est à cette arme qu'est dévolu le soin de fournir à son maître des vivres ainsi que des vêtements, dont il peut avoir besoin quand il est en campagne.

Notre troupe offrait l'aspect le plus pittoresque. Nous étions tous habillés de vêtements de peau, façonnés et brodés à la guise de chacun, car on suivait beaucoup plus son goût qu'une règle uniforme. Notre équipement était un amalgame de modes mexi-

caines, indiennes et américai-
nes ; il n'y avait guère que les
armes qui fussent de même fa-
brique. Les chasseurs les plus
expérimentés portaient les carabines à longs canons, selon
la mode ancienne, les pistolets
simples et le couteau de chasse , tandis que ceux arrivés
comme moi des Etats depuis
peu de temps s'étaient affu-
blés avec eux tout un arsenal
d'inventions nouvelles : des ré-
volvers à six coups, des fusils
à double canon, et beaucoup
d'armes fort belles sans doute,
mais qui devaient dans la pra-
tique nous embarrasser plutôt
que nous servir.

Nos chevaux , dont les uns
étaient des mustangs et les

autres de race américaine, avaient tous été choisis avec le plus grand soin ; aussi étaient-ce d'admirables bêtes, à l'exception pourtant du poney du docteur, qui ne rentrait dans aucune catégorie de chevaux connus.

La troupe des guerriers chasseurs, après avoir quitté les rues de la misérable petite ville de San-Antonio, s'engagea dans la plaine ouverte qui s'étendait devant nous comme une vaste mer sans bornes. C'était, je vous assure, un magnifique spectacle que de voir bondir dans cette plaine tant de nobles coursiers, et l'imagination s'exaltait à mesure qu'on avançait vers la monta-

gne, et qu'on sentait plus vivement la brise qui venait frapper le visage.

Après une course rapide à
travers un charmant pays dont
l'aspect changeait à chaque
instant comme les scènes va-
riées d'un panorama, nous ar-
rivâmes sur les bords d'un
petit ruisseau, où il fut décidé
qu'on s'arrêterait pour passer
la nuit. Ce campement fut des
plus joyeux; on fêta le con-
tenu des gourdes, et comme
il n'y avait point d'ennemi à
craindre dans le voisinage, on
dormit sans poser de senti-
nelle. Grand fut notre désap-
pointement quand, en nous ré-
veillant le lendemain matin,
nous constatâmes la perte de

plusieurs de nos chevaux, parmi lesquels se trouvait le superbe américain dont j'avais fait emplette, et sur les services duquel je comptais beaucoup. Il paraît que nous avions été suivis par quelques filous mexicains fort au fait des habitudes des tirailleurs, et qui, sachant avec quelle imprévoyance ils passaient toujours leur première nuit dehors, avaient profité du sommeil profond, conséquence nécessaire de nos excès de table, pour faire leur coup et dérober nos chevaux.

Quelque contrarié que chacun fût de ce contre-temps, il ne s'éleva pas moins dans le camp une hilarité générale,

quand on vint à découvrir que
le mauvais poney du docteur
avait été lui-même en butte
aux attaques des voleurs. Mais
l'animal endiablé beaucoup
plus méchant qu'il n'était gros,
avait à ce qu'il paraît forcé le
fripon à la retraite non sans
lui avoir fait éprouver maint
échec, car on trouva sous les
pieds du cheval un sombrero
défoncé, et l'on put constater
sur l'herbe la forme d'un
homme qui avait dû être renversé violemment par les
efforts que l'animal avait faits
en se débattant. Cette vigoureuse défense, comme on le
pense bien, fit gagner au poney
cent pour cent dans l'estime
de tout le monde.

Les conséquences de cet événement furent de nous obliger à attendre le retour du messager que nous envoyâmes au plus prochain «cavayard» avec ordre d'en ramener des chevaux destinés à remonter notre cavalerie. Nous savions que nos pourvoyeurs ne manqueraient pas d'animaux à choisir ; néanmoins nous n'attendions pas moins leur retour avec une certaine anxiété, car nous savions que dans les expéditions de cette sorte l'agrément et le salut du cavalier dépendent en grande partie de son cheval. Quant à moi, je regrettai vivement le noble animal que j'avais perdu; mais mes regrets étaient aussi vains que les imprécations que je lançais contre tous ces fripons de Mexicains en général. La suite fera assez voir de quelle importance étaient pour nous les qualités de nos chevaux.

Quand le détachement arriva et qu'on me présenta le cheval qui m'était destiné, je fus agréablement surpris, c'était en effet un animal au port magnifique et aux regards pleins de feu; mais ma joie fut singulièrement mitigée par une circonstance dont je ne tardai pas à m'apercevoir; cet animal n'avait jamais été monté. Que pouvais-je faire d'un mustang indompté, vigoureux, il est vrai, comme un

bison, mais en revanche sauvage comme un chat de montagnes? Mes compagnons me
regardaient faire, et riaient de
mon embarras. Quand ils se
furent assez amusés de moi
ils mirent fin à la plaisanterie
en me disant qu'il me suffirait
de donner quelques dollars à
un de nos guides mexicains,
qui se chargerait volontiers de
monter ce cheval pendant un
jour ou deux, et de me le rendre
souple comme un gant.

En un clin d'œil l'écuyer fut
sur le dos de mon cheval et
partit comme le vent me lais-
sant avec mes railleurs qui
continuaient à m'assurer qu'au
bout d'un jour ou deux j'aurais
un excellent cheval. Le Mexi-

cain ne revint que le soir fort
tard, amenant mon cheval
blanc d'écume et rompu de
fatigue par un galop de dix
milles pour aller et dix milles
pour revenir. Il me le rendit
en m'assurant que tout allait
pour le mieux. « Muey buena »
comme il disait; la manière
brillante dont il avait fourni
cette longue carrière était, de
l'avis de l'écuyer, la meilleure
preuve de son excellence.

Cependant comme j'avais une
peur atroce qu'on estropiât la
pauvre bête par des moyens
d'éducation aussi violents, je
résolus de le monter moi-
même pas plus tard que le lendemain matin. Le lendemain
donc je m'approchai du cheval

sans grandes précautions et sans prendre garde aux avis réitérés de mon guide, qui ne cessait de me crier : « No, no, por Dios! » Je fus puni de ma témérité; car, au moment où j'allais mettre la main sur sa crinière, le mustang fit un écart, se retourna brusquement, et m'envoya ses deux pieds de derrière si près du visage, que je pus lire distinctement sur la semelle de sa chaussure l'avis de ne l'approcher dorénavant qu'avec la plus grande prudence.

Furieux de cette réception, et indigné de l'ingratitude de ce mustang, auquel je voulais sauver une journée de mauvais traitements, je le livrai de

nouveau aux mains du Mexicain, en lui recommandant de
le tuer ou de chasser le diable
qui le possédait. Ma recom-
mandation était superflue pour
l'écuyer, mais j'ai toujours cru
depuis que le cheval avait
compris le sens de ces cruelles paroles, et qu'il avait résolu dès ce moment d'en tirer
une éclatante vengeance, ce
qu'il fit un peu plus tard,
comme on le verra par la
suite.

Mes compagnons de voyage
étaient tous aussi joyeux que
braves, et de la sorte la gaieté
régnait dans nos rangs. La vie
aventureuse qu'ils menaient
constamment fournissait la
plupart du temps à la conver-

sation, et j'entendais raconter des choses étonnantes auxquelles je prêtais la plus vive attention. La route se faisait ainsi sans fatigue. Le Mexicain m'avait rendu mon cheval, qui était maintenant, selon lui, parfaitement discipliné, et je m'étais comfortablement installé sur son dos. Il fallait d'ailleurs toutes ces circonstances pour rendre le voyage supportable, car nous quittions le pays accidenté à travers lequel nous avions voyagé depuis notre départ pour entrer dans une grande plaine stérile et nue où rien ne venait récréer la vue; il n'y avait là ni collines ni arbres, ni même un simple buisson pour rompre la monotonie du paysage.

Cette plaine se continua pendant plusieurs jours.

Enfin, un soir, au moment où nous commençons à trouver ce spectacle fatigant outre mesure, nous aperçumes à l'horizon une masse sombre qui se dessinait comme un groupe de nuages. C'étaient les sommets du San-Saba.

A cette vue le petit docteur, que la traversée de la plaine ennuyait plus que tout autre, parut tout ragaillardi.

— Ah ! ah ! dit-il, je crois que voilà le moment de se préparer à manger les biftecks d'ours. Eh ! parbleu, messieurs, ajouta-t-il en brandissant sa lance d'un air martial, je parie que le premier ours

qu'on mangera sera tué par
moi, et précisément avec cette
lance qui, si j'ai bonne mé-
moire, a été l'objet de plus
d'une raillerie de votre part.
Mais, vous avez beau rire, je
vous tiendrai parole, et cela
avant demain soir.

En prononçant ce défi bel-
liqueux, le docteur enfonça l'é-
peron dans le ventre de son
poney courte queue, et cela
d'une façon si vigoureuse, que
le coursier peu flatté de ces
façons de faire, se mit à cabrio-
ler tant et si bien que force
fut au pauvre docteur de vider
les arçons avec sa lance et le
reste de son bagage. On rit
beaucoup de sa mésaventure,
d'autant mieux qu'il en fut

quitte pour la peur et qu'on le vit se relever et se remettre en selle avec une adresse et une promptitude à laquelle il ne nous avait point accoutumés jusque-là.

A l'approche de la nuit, nous pûmes distinguer les sommets des montagnes. Tous les cœurs étaient émus, car nous approchions du pays des Indiens, et nous étions déjà assez près de la montagne pour nous flatter de l'espoir d'une chasse pour le lendemain.

Aussi nous étions debout et sous les armes le matin de très bonne heure : la journée devait être rude, et nous nous y préparâmes par un bon et solide déjeuner.

A mesure que nous appro-
chions des montagnes, elles
présentaient à nos yeux les
plus singulières figures. Ces
montagnes s'élevaient brusquement et presque à pic du
milieu de la plaine sur laquelle
nous voyagions. On eût dit à
les voir une armée de Titans
alignés côte à côte sur plusieurs rangs de profondeur,
les plus petits en avant et les
plus grands en arrière dans
une progression graduée, dont
le dernier terme allait se perdre dans les nues. Ces montagnes étaient séparées entre
elles par des vallées vastes et
profondes dans lesquelles nos
yeux plongeaient plus en avant
à chaque pas que nous faisions.

Nous marchions en silence,
absorbés dans la contempla-
tion de ce magnifique paysage,
quand tout à coup des cris violents vinrent résonner à nos
oreilles; 'cétait la voix du docteur.

— En avant, mes amis,
criait-il à tue-tête, en avant!
Je les ai trouvés, je suis au milieu d'eux.

Et tout en parlant de la sorte
il mettait son poney au galop
et partait en brandissant sa
lance.

Mon attention étant attirée
par ces cris inattendus, je jetai les yeux autour de moi et
je vis tous mes compagnons
lancés au galop sur les traces
du docteur, qu'ils suivaient

d'un air moitié sérieux, moitié
goguenard. Je fis comme les
autres et ne tardai pas à distinguer le motif de cette course
au clocher; à trois ou quatre
cents pas en avant, plusieurs
gros objets de couleur sombre
se mouvaient au travers des
herbes, aux pieds d'une des
montagnes les plus rappro-
chées de nous. L'un de ces animaux, car ce ne pouvait être
autre chose, leva la tête au
même moment, et dans cette
tête je reconnus celle d'un ours.
J'entendis aussi la voix du capitaine Hays, qui encourageait
ses compagnons, et se félici-
tait de la politesse des ours
qui venaient, disaient-il, à leur
rencontre.

La plupart des soldats s'é-
taient lancés sur les traces de
leur chef et galopaient comme
des enragés. Quant à moi, que
cet événement avait pris à l'improviste, je me trouvais au
nombre des retardataires.

Il en était autrement du vail-
lant docteur, il était en avance
sur tout le monde de cinquante
à soixante pas ; son intrépide
poney l'emportait avec la rapidité de l'éclair du côté de l'ours
le plus rappreché, qui voyant
venir ces visiteurs inconnus
et ne sachant encore trop comment les recevoir, venait de se
lever sur ses pattes de derrière et reniflait bruyamment en
tournant la tête d'un air incer-
tain et stupide. Le servant d'Es-

culape avançait toujours, et il
avait levé sa lance pour en
perforer l'animal avant que
celui-ci eût seulement songé
à prendre la fuite. Il finit pourtant par s'y décider, et se mit
à courir en se dandinant de la
manière particulière à ceux de
sa race. Le docteur le poursuivit à outrance et de si près
qu'il lui arriva à maintes reprises de caresser son dos avec
le bout de sa lance. Le poney,
qu'animait aussi le démon de
la chasse, avait le nez presque
sur la bête.

C'en était trop pour la pa-
tience de l'ours, qui, irrité
de la violence de cette attaque
se retourna brusquement et
saisit avec ses griffes les jar-

rets du cheval. Le poney s'arrêta sur place; la secousse fut
si violente, que le pauvre docteur, désarçonné une seconde
fois, passa par dessus la tête
de son coursier. On l'aperçut
un instant entre ciel et terre,
dans une position si grotesque
que, malgré le danger immi-
nent qu'il courait, sa chute
provoqua une hilarité générale.

Heureusement pour le doc-
teur que le poney était plus
gros que lui et que grâce à cette
circonstance il captiva pendant
un instant toute l'attention de
l'ours, ce qui donna au malen-
contreux cavalier le temps de
se relever et de courir de toute
la vitesse de ses jambes vers

un gros chêne qui se trouvait
à quelques pas de là. Il grimpa
sur l'arbre avec une agilité
dont personne de nous ne l'eut
cru susceptible, et bien lui en
prit, car l'ours, qui venait d'a-
bandonner le poney, se trouvait déjà sur ses talons. Le
docteur monta aussi haut que
les branches purent le porter
et là se tint accroché par la
main gauche, tandis que de
la main droite il repoussait
avec sa lance l'ours qui faisait
tous ses effort: pour arriver jusqu'à lui. Pour complé-
ment à cette scène, le poney
se démenait comme un diable
au pied de l'arbre, hennissant
et frappant la terre de ses
pieds, comme s'il eût compris

le danger de son maître, et qu'il eût éprouvé le désir de lui porter secours.

Tout cela se passa dans l'espace de quelques secondes. Les plus avancés de la troupe voyant le docteur se réfugier sur l'arbre, ne s'étaient plus occupés de lui et étaient partis à la poursuite des autres ours, et quant à ceux qui comme moi formaient l'arrière garde ils riaient si fort de l'aventure, qu'ils eussent, je crois, laissé croquer le pauvre diable, sans l'intervention du capitaine Hays, qui recouvra assez de sang froid pour ajuster l'ours et lui envoyer dans la tête une balle qui mit de suite fin au combat.

Nous avions alors en vue quatre ours, qui tous se dirigeaient du côté de la montagne. Comme le docteur était hors de tout danger, nous le laissâmes se tirer de là comme il pourrait, et nous courûmes à la poursuite des ours afin de les atteindre avant qu'ils eussent quitté la plaine. A un certain moment je me retournai du côté du docteur et je vis sur les basses branches de l'arbre occupé à larder à coups de lance l'ours, qui, quoique grièvement blessé, respirait cependant encore.

La chasse commençait à s'animer d'une singulière façon. Notre troupe était divisée en quatre groupes lancés chacun à

3

la poursuite d'un des quatre animaux qui s'enfuyaient en se
dandinant du côté de la montagne. Nous les poussions si
vigoureusement que, désespé-
rant sans doute de pouvoir
grimper sans être atteints, ils
s'enfoncèrent dans les étroites
vallées dont j'ai déjà fait men-
tion.

Le hasard voulut que je me
trouvasse chasser le même
ours qu'un jeune virginien,
et qu'au moment de rentrer
dans l'une de ces gorges nous
nous trouvâmes isolés tous
deux du reste de nos compagnons, qui avaient disparu de
côté et d'autre. Je crus m'apercevoir à ce moment que mon
cheval ne se manœuvrait pas

facilement. Depuis qu'il avait
senti et aperçu les ours, il
dressait les oreilles, piaffait,
hennissait, et donnait tous les
signes de la plus grande frayeur; il faisait aussi de temps
à autre des sauts de côté qui
me prenaient à l'improviste et
ne me permettaient que diffi-
cilement de rester en selle. Le
cheval du Virginien paraissait
éprouver la même frayeur que
le mien; mais il était plus ma-
niable, et son maître parve-
nait à contenir ses mouve-
ments par une manœuvre ha-
bile.

Pendant que je luttais avec
mon cheval, l'ours déboucha
de la vallée, se dirigeant vers
la montagne; mon compagnon

le poursuivit, et bientôt l'homme et l'animal disparurent tous deux à mes regards derrière un bouquet de gros chênes. Un instant après j'entendis le Virginien décharger ses deux coups de fusil. Désespéré à l'idée de perdre une si belle occasion de faire mes preuves et désireux de rattraper l'ours, je serrai les rênes de mon cheval, et lui enfonçai mes éperons dans le ventre.

L'animal partit comme un trait, et en cinq ou six bonds nous nous retrouvâmes tous deux de l'autre côté du bouquet de chênes, en face de l'ours, dont mon compagnon venait de briser les reins. L'animal se tordait de douleur et hurlait comme un forcené, en grinçant des dents et en montrant sa gueule rouge et béante.

Mon cheval aurait été subitement changé en marbre, que je ne crois pas qu'il fût demeuré plus immobile qu'à la vue de cet horrible animal. La frayeur le paralysa complétement. Instantanément son corps se couvrit de sueur dont les gouttes coulèrent comme autant de ruisseaux le long de son corps; ses jambes se roidirent, ses narines s'ouvrirent démesurément, et ses yeux devinrent hagards et fixes. La secousse fut terrible ; j'y résistai pourtant, et m'efforçai de le faire avancer à grand renfort de fouet et d'éperons. Mais ce fut en vain ; sa tête demeura immobile, et un léger tressaillement des muscles fut la seule réponse que j'obtins de l'animal. La rage me prit ; je l'excitai de la voix avec des cris furieux, et j'allai même jusqu'à le frapper sur la tête avec le canon de mon fusil : tout fut inutile. Son crâne frappé résonna comme un tambour, mais il demeura en place, et ne remua pas même le bout de l'oreille.

Au même instant, car tout cela fut à peine l'affaire d'une minute, et pendant que le Virginien rechargeait son fusil pour tirer un troisième coup, notre attention fut attirée par une suite de coups de fusil.

C'était comme un feu de peloton. Ce bruit venait de l'autre côté de la montagne; des cris suivirent ces détonations, des cris tels que ceux qui les ont entendus une fois ne sauraient les oublier : c'était le cri de guerre des Comanches; puis presque en même temps nous entendîmes le bruit des pas d'une troupe qui descendait la colline et se dirigeait vers nous. Il n'y avait pas de temps à perdre.

—Les Indiens! les Indiens! prenez garde à vous, kentuckien! cria le Virginien; puis il tourna la bride de son cheval et partit au galop en me répétant: Prenez garde à vous! Prenez garde à vous!

Triste consolation !

Je fis encore quelques efforts pour décider mon cheval au départ, mais, n'y pouvant réussir, je sautai à bas de la selle, et gagnai un vieux chêne moussu dans les branches duquel je montai avec l'intention de m'y cacher. J'étais à peine installé derrière un paquet de mousse d'Espagne, quand vingt ou trente sauvages couleur de bronze à la tête couverte de plumes débouchèrent dans la petite vallée qui s'étendait à mes pieds. C'était les Comanches.

A la vue de mon cheval qui continuait à demeurer dans la position où je l'avais laissé, les sauvages s'arrêtèrent ; l'un

d'eux s'approcha même de mon
cheval et saisit le bout de la
bride ; mais comme on aperçut
au même instant le Virginien
qui fuyait, toute la troupe re-
partit à sa poursuite avec un
cri si strident, qu'il fit frémir
les feuilles tout autour de moi.

Ce cri sauvage rendit mon
mustang à la vie ; et repartant
aussi brusquement qu'il s'était
arrêté, le détestable animal
s'élança comme la foudre, en-
traînant le sauvage qui tenait
encore le bout du lasso, et
culbutant tous ceux qui voulu-
rent s'opposer à son passage.
En un clin d'œil il disparut à mes
yeux. Peu de temps après les
sauvages disparurent comme
lui. J'entendis encore deux ou

trois coups de fusil, puis ce fut tout, et je me trouvai abandonné dans une affrèuse solitude dont le silence n'était troublé que que par les râlements de l'ours blessé, qui finissait de mourir à mes pieds.

J'étais stupéfié. Ces événements étaient si étranges et s'étaient succédé avec tant de rapidité, que j'étais confondu, en quelque sorte abasourdi. N'étais-je pas le jouet d'un rêve ? C'était à en perdre la tête. Je me trouvais à trois cents milles au delà des limites de toute civilisation, perché sur un arbre, sans cheval, sans ami, au milieu d'un silence qui semblait n'avoir jamais été troublé. N'étais-je pas plutôt sur une

terre enchantée? J'eus pendant
un moment des visions étran-
ges, puis peu à peu mes idées
se calmèrent, j'espérai que mes
compagnons se préoccupe-
raient de moi et qu'ils vien-
draient me chercher, j'abandonnai les idées de suicide qui
avaient un instant envahi mon
cerveau, et, bien résolu de
pourvoir aux besoins de mon
existence, je me disposai à
achever l'ours, et à tailler avec
mon couteau dans cet énorme
cadavre les morceaux que je
destinais à ma subsistance.
J'allais mette ce projet à exécu-
tion, quand un rugissement
vint attirer mon attention.

Je regardai de tous côtés, et
j'aperçus dans un chêne voisin

un mouvement de branches
qui semblait indiquer la présence d'un être vivant. Entre
deux branches paraissait une
tête ronde : c'était une panthère. Mes regards se fixèrent
avec effroi sur cet effrayant
animal. Lui cependant ne paraissait pas m'apercevoir, et
ses yeux, que je voyais errer
de côté et d'autre, n'avaient
pas une expression trop féroce. Ses traits même respiraient
une douceur telle que j'eusse
volontiers fait connaissance
avec lui. Il devint bientôt évident pour moi qu'il ne m'avait
point aperçu, car je le vis éten-
dre nonchalamment ses mem-
bres, et bâiller largement en
me montrant ses dents blan-

ches, dont on sait que les mâ-
choires de ses pareils sont d'ordinaire abondamment pour-
vues. La vue de cet effrayant
râtelier me rendit mon premier effroi. Je me rappelai
avoir souvent entendu dire que
ces animaux féroces préfé-
raient la chair humaine à toute
autre, et je tremblai que la panthère n'eût un goût trop pro-
noncé pour ce genre de nourriture. Mais comment me débarrasser de ce dangereux
voisinage. Lui envoyer un coup
de fusil, c'eût été sans contre-
dit le plus sûr ; mais le bruit
pouvait attirer les Indiens, et
je craignais les Indiens encore
plus que les panthères. Je pensai que dans tous les cas il était

prudent à moi de m'installer le plus haut possible, de manière à ne pouvoir être attaqué par dessous et dominer toujours mon adversaire. Aussitôt exécuté que pensé, et bientôt je me trouvai installé sur une des branches supérieures du chêne et parfaitement caché au milieu du feuillage.

Malgré tout, le voisinage de la panthère m'inquiétait et m'obsédait. Elle pouvait m'apercevoir et se précipiter sur moi ; et voulant m'en débarrasser à tout prix, j'eus d'abord recours aux moyens de douceur. Je pris dans le sac que je portais en bandoulière une chevrotine, et la lançai avec la main du côté de l'animal. Le projectile frappa dans les feuilles juste au dessus de sa tête. La panthère surprise fit un mouvement et leva les yeux ; mais elle soupçonnait si peu ma présence, qu'elle n'eut pas même l'idée de regarder de mon côté. Je pris une nouvelle balle et recommençai la même manœuvre. Je frappai de nouveau la branche, l'animal se retourna vivement, et regarda de tous côtés, excepté du mien pourtant. Un troisième projectile l'atteignit à la face ; à cette nouvelle attaque il se montra plus ému, suivit d'un regard la balle, qui vint tomber à terre, puis quitta la place, descendit de l'arbre, et s'éloigna en poussant de sourds

grognements. Je le vis disparaître dans la vallée. Il était
évident que la place lui avait
paru suspecte, car, quoique je
veillasse son retour tant que
jour me le permit, je ne le vis
point revenir.

Débarrassé de ce voisinage,
je me décidai à descendre de
l'arbre pour aller couper quelques morceaux d'ours que je
suspendis aux branches du
chêne ; puis je remontai de
nouveau sur l'arbre et grimpai
si haut, que je dominai son
sommet et que je ne vis plus
au dessus de moi que le ciel,
où les étoiles commençaient à
briller.

Je pris mes arrangements
pour passer la nuit le plus

commodément possible, et
m'établis sur la branche four-
chue, la tête appuyée sur une
espèce d'oreiller formé par les
pendentifs de la mousse d'Espagne. J'essayai même de dormir ; mais la présence et les
cris des hiboux rendaient la
chose difficile. Ces oiseaux
semblaient avoir pris à tâche
de troubler mon sommeil, et
ne cessaient de voler autour
de l'arbre où j'avais établi ma
résidence, en frappant l'air de
leurs ailes, en poussant leurs
cris lugubres, en faisant briller
dans l'obscurité leurs yeux
ronds semblables à des escar-
boucles. La lune cependant
continuait toujours son ascen-
sion périodique. Bientôt elle

fut à son zénith, et ses rayons frappèrent directement sur ma tête. A la lueur de cette douce clarté, les choses prirent un aspect tout différent, et la vallée éclairée par la lumière perpendiculaire me fit l'effet d'un large ruban d'argent au milieu des deux montagnes sombres qui lui servaient d'encadrement. La présence des loups ne tarda pas à animer ce sauvage paysage et à lui donner un caractère plus sombre et plus effrayant encore. Ces animaux, attirés par l'odeur de la chair morte, arrivaient de tous côtés et se précipitaient sur le cadavre de l'ours, qu'ils se mirent à déchirer à belles dents. J'eus alors tout lieu de me féli-

citer de la précaution que j'a-
vais prise de mettre quelques
morceaux de viande hors de la
portée de leurs gueules en les
suspendant aux branches du
chêne. On juge que la présence de ce voisinage ne contri-
bua pas à me faire dormir, car,
indépendamment des hurle-
ments effroyables que pous-
saient les loups, j'étais encore
tenu en éveil par la crainte de
tomber au milieu de cette troupe vorace, et de périr dévoré
par leurs dents cruelles.

Le jour vint enfin ; je descendis de dessus mon arbre,
et mangeai un morceau d'ours,
puis quittant cette vallée, où
j'avais passé une si mauvaise
nuit, je regagnai la prairie que

j'avais traversée la veille. L'horizon qui s'ouvrait devant moi était immense, mais je ne découvris nulle part les traces d'aucun être vivant. Je reconnus seulement la place où j'avais vu la veille le docteur engagé avec un ours, et j'aperçus sur le sol le squelette de l'animal tué par le capitaine Hays, et dont les os avaient été mis à nu pendant la nuit par la dent des loups qui les avaient visités. La lance du docteur était encore plantée dans ce squelette, tant le petit homme l'avait enfoncée avec violence et fureur !

Je montai de nouveau sur un arbre, et jetai de côté et d'autre un regard inquisiteur sur

la plaine. Hélas ! c'était une solitude triste et sans bornes, un
désert où l'on n'apercevait pas
même un insecte ; ni bruit, ni
mouvement ; le battement seul
de mon cœur. Je crus un instant que j'étais seul au monde,
seul vivant sous le soleil, et
que c'était uniquement pour
moi que cet astre répandait du
haut des cieux sa chaleur et sa
lumière. Je demeurai deux
jours en ce lieu à attendre le
retour de mes compagnons ;
ma provision d'ours était complétement épuisée ; la faim
commençait à m'aiguillonner,
et j'eus encore un moment
d'effroi et de découragement.
Mais bientôt rendu à moi-même par l'excès de mon mal-

heur, je me roidis contre le sort, et je me mis à crier d'une voix tonnante, pour me prouver à moi-même que je n'étais pas le jouet d'une vaine hallucination.

— Non, m'écriai-je, je ne me laisserai pas mourir de misère et de faim, et puisque les loups vivent dans cet affreux désert, je saurai bien y vivre comme eux. Je saurai, s'il le faut, acquérir l'adresse du serpent, le flair du chien de chasse, la vue perçante du vautour. Je deviendrai plus léger que le daim, je combattrai les loups corps à corps, et j'irai, s'il le faut, leur arracher le cœur avec mes ongles pour le dévorer. Me laisser mourir de faim! oh! non,

j'aime mieux allumer mille feux
dans la prairie, signaler ma présence aux Comanches, les attirer à moi, les forcer à me donner
à manger ou leur donner ma
chevelure à scalper !

Je montai de nouveau sur un
arbre pour essayer de découvrir quelque chose, mais mes
regards interrogèrent l'horizon de tous côtés sans apercevoir autre chose que des montagnes d'une part, et de l'autre
une plaine sans bornes. Je
descendis et me couchai sur le
gazon.

Je demeurai longtemps dans
cette posture, la tête en feu et
l'imagination remplie d'ef-
frayantes images. Un oiseau
vint se percher au dessus de

ma tête. A son noir plumage,
à son gros bec gris, je le reconnus, quoique je n'en eusse
encore jamais vu de pareil.
C'était un corbeau. Que venait-
il faire auprès de moi ? Venait-
il me prédire mon trépas ? car
on dit que cet oiseau funèbre
vient, comme un présage de
mort, se percher d'ordinaire
auprès des agonisants. Va-
t'en, lui dis-je, vil oiseau de
proie, retire-toi, tu t'es trompé,
je ne veux pas encore te servir de pâture. Mais sans s'effrayer de mes cris, l'oiseau
quitta la branche sur laquelle il
se balançait depuis quelques
instants et fut se poser à terre.
Je crus d'abord qu'il venait
m'arracher les yeux avec son

bec, mais heureusement je m'étais trompé, il se mit tranquillement à dévorer certains objets ronds qui gisaient çà et là sur le sol.

Ces objets fixèrent à leur tour mon attention, et à ma grande joie je reconnus que c'étaient des limaçons ; le sol en était couvert ; j'étais dorénavant à l'abri de la famine, je ne craignais plus de mourir lentement consumé par la faim. Je me levai, et j'en ramassai une certaine quantité, que je dévorai avec un plaisir que comprendront seuls ceux qui se sont trouvés dans une position analogue à la mienne.

Un peu restauré par ce singulier repas, je me mis à exa-

miner les choses avec plus de
sang-froid. Un seul parti me
restait à prendre : il me fallait
sortir de cette plaine déserte,
ma vie en dépendait ; le plus
tôt était le meilleur ; mais quelle direction prendre ? c'était le
premier problème à résoudre.
J'examinai le soleil, il était à
son déclin et prêt à disparaître
derrière les montagnes. Nous
avions donc marché à l'ouest
pour venir dans ces lieux maudits ; pour regagner San Antonio de Bexar il fallait se diriger à l'est.

Au milieu de cette vaste plaine je n'avais pour me guider
aucun point de repère, mon
ombre seule pouvait servir à
diriger mes pas. Voulant aller

dans l'est, je devais avoir soin
d'avoir cette ombre derrière
moi pendant la matinée, et devant moi pendant toute la soi-
rée ; il fallait de plus tenir mes
yeux constamment fixés sur un
même point du paysage, afin
de ne pas m'écarter de la ligne
droite.

Je partis donc. Je me fixai
un but et me dirigeai vers lui
de toute la force de mes jambes. Je marchais tant que du-
rait le jour. A la nuit j'avais
toujours devant moi une plaine sans limites, mais j'avais du
moins la certitude d'être dans
la bonne route, et c'était une
consolation. Je m'arrêtais avant
qu'il fit tout à fait nuit pour
chercher de l'eau et ramasser

des colimaçons. Pendant les deux premiers jours ni l'un ni l'autre ne me firent défaut ; mais à dater de ce moment l'eau et les animaux devinrent fort rares et finirent par disparaître complétement. La faim et la soif commencèrent alors à me faire sentir leurs cruelles atteintes, et je dus abandonner la ligne droite pour me mettre en quête d'eau et de nourriture. De temps à autre j'entendais résonner le sol ; puis je voyais apparaître un troupeau de mustangs qui venaient me reconnaître, mais ils disparaissaient avant que j'eusse eu le temps ou la possibilité de leur tirer un coup de fusil. Je voyais aussi parfois un daim se lever au milieu des grandes herbes, mais, hélas ! toujours hors de la portée de mon fusil. Je vis aussi plusieurs bandes de grues traverser les airs à des hauteurs incommensurables. Je trouvai pourtant le moyen d'en tirer quelques-unes ; mais quoiqu'il m'eût semblé entendre le bruit du plomb sur leurs plumes, je n'eus point la satisfaction d'en voir tomber aucune, et toutes, au contraire, s'éloignèrent à tire d'ailes.

Ce furent là les seules créatures que je rencontrai, à l'exception pourtant des grenouilles à cornes, animaux immondes qui m'eussent en tout autre temps causé un dégoût insurmontable : mais la faim com-

mandait, et pendant qu'il me
restait encore la force de me
traîner, je me mis à la recher-
che de ce gibier peu délicat.
J'oubliais de parler des loups.
Ces bêtes endiablées me suivaient à distance, prêts à se
jeter sur moi et à me dévorer
aussitôt qu'ils me verraient
tomber de faim et de fatigue.
Combien je maudissais ces sa-
tellites de la mort ! Je fis tout
au monde pour les attirer au
bout de mon fusil, mais ce fut
peine inutile : ils étaient trop
fins et trop défiants pour
se laisser prendre à mes ru-
ses. Ils me suivaient pas à
pas comme des goules affa-
mées ; on eût dit qu'ils étaient
doués de seconde vue et qu'ils

pressentaient ma mort. Chaque fois que je me retournais pour voir si mon ombre était toujours derrière moi, j'étais sûr de les apercevoir à une certaine distance, et toutes les nuits je les entendais rôder autour de moi avec des hurlements sinistres qui me faisaient l'effet d'un « Requiem » chanté sur ma tombe. Les grenouilles avaient disparu comme l'eau et les colimaçons. Plus j'avançais dans la plaine, plus je me sentais en proie à la fatigue, à la soif et à la faim. Je me traînais pourtant encore, quoique je ne fusse qu'un cadavre ambulant. Tous mes sens avaient atteint un développement extraordinaire et pénible. Le bruit d'une grue

qui agitait ses ailes pour prendre son vol résonnait à mon
tympan tendu et desséché comme le roulement du tonnerre,
et donnait à mon faible cerveau une commotion qui l'é-
branlait. Les émanations de la
terre, jusqu'alors inaperçues,
frappaient mon odorat et me
grisaient comme des parfums
trop forts ; le souffle de la brise me faisait chanceler comme
un homme ivre. Je commen-
çais à avoir d'étranges visions.
Il me semblait voir sur la prairie des troupes agitant des
bannières aux mille couleurs ;
j'entrevoyais dans le lointain
de grands lacs brillants aux
reflets du soleil, trompeur mi-
rage qui s'éloignait aussitôt
que j'avançais pour le saisir.

C'était surtout pendant la nuit que j'entrevoyais des formes fantastiques. Les étoiles m'envoyaient des flèches, la lune me montrait les dents, j'avais froid, je tremblais, il me semblait que j'étais plongé dans un océan de glace, et je prenais les hurlements des loups pour les mugissements des vagues et les accents de la tempête. Mon sang me brûlait les veines, et pourtant mes entrailles étaient glacées comme si la mort les eût frappées; il me semblait que j'avais été séparé en deux, que mon corps n'existait plus, et que mes pieds n'étaient plus rattachés à ma tête. Cette torpeur, dans laquelle je m'engourdissais, ces-

sait de temps à autre sous les
efforts de la faim qui se réveil-
lait. J'avais alors des instants
de rage, et je me jetais sur
l'herbe pour la dévorer à l'ins-
tar des brutes.

Malgré tout, je continuais à
marcher, car le mouvement
diminuait un peu l'intensité de
mes douleurs. Par un phé-
nomène étrange, mon corps
affaissé reprenait parfois sa
vigueur et son élasticité sous
le coup de certaines visions
extatiques qui me charmaient et
me transportaient. Dans les
moments où la douleur se tai-
sait, je voyais se dérouler devant moi, comme dans un ma-
gique panorama, les scènes les
plus douces de mon existence

passée et les êtres les plus chers
à mon cœur, mais tout cela, pour
ainsi dire, comme spiritualisé ;
ce n'était pas la réalité que je
voyais, c'était une sorte d'em-
pyrée, peuplé d'anges vapo-
reux qui me regardaient d'un
air touchant et tendre en ver-
sant sur ma triste destinée des
larmes abondantes ; puis ils se
penchaient vers moi et tour-
naient en formant les danses
les plus gracieuses. J'étendais
les bras pour saisir ces images
chéries, et tout d'un coup quelque atroce douleur faisait évanouir ce spectacle enchanteur
et me rendait à ce triste monde
et à l'effrayante réalité. Je me
reprenais alors à vivre, mais de
quelle vie ! La faim et la soif

couraient dans mes veines comme une électricité dévorante.

Ce fut dans ces tristes conditions que je marchai pendant deux longs jours ! J'avais toujours conservé mon fusil ; mais, grand Dieu, qu'il était lourd ! Il me semblait que je portais la massue du géant Goliath. Son poids m'écrasait et me faisait tant souffrir, que je me figurais parfois que l'épaule qui le portait était dénudée jusqu'à l'os. Il me venait souvent à l'idée de me débarrasser de ce fardeau ; mais je résistais toujours à cette tentation, car je ne pouvais supporter l'idée de mourir sans vengeance, et je voulais, si je rencontrais les Comanches, avoir au moins la gloire de périr en combattant. D'ailleurs c'était un moyen d'éloigner de moi les loups jusqu'à mon dernier soupir, et rien ne me paraissait horrible comme la perspective de tomber vivant sous leurs dents.

J'étais rendu de faim, de fatigue et de soif, et incapable de lutter plus longtemps contre la destinée qui m'accablait, quand j'aperçus dans la prairie quelque chose qui de loin me fit l'effet d'un bouquet d'arbres. Cette vue me rendit mes forces ; j'oubliai toutes mes souffrances passées, et je partis d'un pied léger en criant à chaque pas : « De l'eau ! de l'eau ! de l'eau ! »

Lorsque je me fus approché davantage de l'objet qui avait attiré mes regards, je pus constater dans le lointain la présence de plusieurs buttes ou collines au pied desquelles la seule inspection des lieux me fit conjecturer qu'il devait nécessairement y avoir un cours d'eau. Je ne m'étais donc pas trompé dans mes espérances, et l'eau que j'appelais de mes lèvres ardentes n'était plus très loin de moi.

Une heure après j'atteignais la colline la plus proche ; elle était couverte de bois, et à ses pieds j'aperçus une surface brillante qui reflétait les rayons du soleil : c'était de l'eau ! Je jetai mon fusil pour courir plus vite, et me précipitai comme un insensé vers cette eau si vivement désirée. Je sautai dans le ruisseau, et à plusieurs reprises je plongeai dans le liquide ma tête jusqu'aux épaules. Horreur et malédiction, grand Dieu ! cette eau était salée comme la mer ! A cette affreuse découverte, le sang me monta à la tête, ma cervelle bouillonna, je m'évanouis et demeurai privé de tout sentiment.

Je ne saurais dire combien de temps je restai dans cette position. La fraîcheur de l'eau dans laquelle une partie de mon corps était plongée me tira seule de cette torpeur. En revenant à moi je me sentis plus calme que je ne l'avais été depuis plusieurs jours ; mon esprit aussi était plus lucide. La partie était perdue, je le crus du moins, et cette certitude me rendit tout mon sang-froid. Je pensai aux efforts inouïs que j'avais faits pour conserver une aussi misérable existence, et à cette pensée un sourire de dédain vint contracter mes lèvres. — Il faut être fou, dis-je, pour lutter ainsi contre une volonté supérieure ; que ma destinée s'accomplisse donc ! Je vais mourir. Mais qu'est la mort, sinon le sommeil et la cessation de la souffrance ? La vie n'est qu'une vallée de misères ; sachons en sortir sans nous plaindre, et bénissons la mort, qui nous ouvre les voies d'une autre existence !

Il me vint une fantaisie, celle de mourir au moins à mon aise sur un tas de mousse, à l'ombre des grands arbres. Il fallait faire un effort suprême pour arriver jusque-là ; je le tentai ; mais j'étais si faible, que je retombai. Je restai couché quelque temps encore ; mais le désir de mourir sur un lit de mousse me poussait tellement, que mes jambes épuisées retrouvèrent une partie de leurs forces. A l'aide de mes genoux et de mes mains, je parvins à me hisser sur la rive. Cette opération me coûta beaucoup de temps et d'efforts. Je ra-

massai en passant mon fusil,
que j'avais jeté comme je l'ai
dit, et me dirigeai en m'appu-
yant sur lui vers le bouquet
d'arbres. Je tenais à mourir en
paix, et mon fusil était indis-
pensable pour éloigner les
loups de mon lit de mort.

Je gagnai le bas de la colline.
Au pied des deux plus grands
arbres s'étendait une place
unie et couverte d'herbes ; c'é-
tait ce que je cherchais. Je me
traînai jusque-là, puis je m'é-
tendis sur le dos, la tête sur
un tas de mousse, mon fusil à
côté de moi. Mes yeux se fer-
mèrent, une indéfinissable stu-
peur s'empara de moi, je sentais que je ne me relèverais
jamais, et cependant j'étais

heureux. Mon agonie était douce, la fièvre avait baissé faute
d'aliment et ne se faisait plus
sentir que par l'agréable délire
dans lequel elle plongeait mon
esprit. Les images des êtres
chéris que j'avais déjà entre-
vues vinrent de nouveau se
grouper autour de mon chevet
solitaire ; je vis les nuages
s'ouvrir, et il en sortit des têtes
d'anges qui me regardaient en
souriant. Ces anges portaient
des ailes et m'invitaient à venir
les rejoindre. Je me soulevai à
moitié pour obéir à leur de-
mande, mais le temps n'était
pas arrivé, je tenais encore à
la terre. Au même moment, un
rayon de soleil se fit jour à
travers les feuilles de l'arbre

qui me couvrait, la lumière inonda mon visage et me força à me rejeter en arrière, je me retrouvai caché ; j'ouvris les yeux pour voir ce brillant visiteur, et je regardai en l'air.

Juste au dessus de ma tête, à cinq ou six pieds tout au plus, j'aperçus un gros écureuil à moitié caché dans les branches de l'arbre. A cette vue, je sentis s'évanouir toute ma résignation, le sentiment de la réalité revenait, et avec lui l'amour de la vie. Je pensai que cette créature pouvait me sauver la vie, et je ne doutai pas de revoir Bexar et mon foyer, si je pouvais parvenir à tuer cet animal et à le manger. Je demeurai pendant quelques

instants à combiner les moyens
de m'emparer de l'écureuil, ma
résolution fut bientôt prise. J'avais mon fusil près de moi, il
fallait m'en servir, mais en
aurai-je la force ? J'essayai ;
et, chose extraordinaire, moi,
trop faible l'instant d'auparavant pour remuer même le bout
du doigt, je saisis mon arme
d'une main sûre, l'élevai comme une plume, et couchai l'animal en joue, sans avoir fait
d'ailleurs un seul mouvement
capable de l'effrayer et de lui
faire prendre la fuite. Je lâchai
la détente, et au même instant
l'écureuil tomba sur ma poitrine, il était mort. Aussitôt je
me plaçai sur mon séant, je tirai mon couteau, découpai l'a-

nimal en menus morceaux que
j'avalai tout crus sans autre
préparation ; puis, désormais
plein de confiance en l'avenir,
je murmurai une courte mais
ardente action de grâces à la
Providence, dont je reconnais-
sais la main, je me recouchai
et m'endormis d'un profond
sommeil.

Ce sommeil dura vingt-qua-
tre heures, autant du moins
que je pus en juger. En me ré-
veillant je mangeai les restes
de l'écureuil, et me sentis après
ce repas capable de reprendre
ma route. Cependant, quand
j'essayai de me lever j'éprou-
vai un moment de faiblesse
comme si j'étais cloué au sol ;
mais j'étais si persuadé que le

ciel m'avait pris en pitié et que
mes maux étaient finis , que
par un effort surhumain je
triomphai de cet obstacle et
me trouvai enfin debout prêt à
marcher. Je partis.

Après deux heures de mar-
che j'aperçus deux hommes à
cheval poussant un troupeau
devant eux. Cette rencontre ne
me surprit pas, je l'attendais,
car je l'ai dit, j'avais repris
confiance en la Providence ,
j'étais sûr qu'elle me sauverait.
Les deux hommes venaient de
mon côté, je reconnus bientôt
deux Mexicains. Persuadé que
je ne tirerais rien de bon de
ces canailles par les moyens
de douceur, je cachai avec soin
mon fusil sous ma blouse de

chasse, et laissai mes deux gaillards s'approcher sans défiance à bonne portée de mon fusil. Quand je les vis tout au plus à trente pas de moi, je tirai mon arme et les mis en joue. Ils furent fort effrayés, s'arrêtèrent soudain, et firent mine de tourner court et de s'enfuir au galop. Mais je n'avais pas l'air plaisant à ce qu'il paraît, et mon geste les arrêta. Je leur ordonnai sous peine de mort de m'attendre, ils obéirent en tremblant. Je choisis le meilleur cheval des deux, je fis descendre le cavalier et je pris sa place, puis faisant de la main un signe d'adieu à mes deux drôles, je les laissai tout ébahis.

Le mouvement du cheval fut pour moi une horrible torture ; je m'évanouis presque ; je me rappelle pourtant que j'abandonnai la bride du cheval pour saisir à deux mains le pommeau de la selle ; je me rappelle encore que je fus reçu par les tirailleurs à la porte de Johnson sur la place de Bexar, et que j'entendis quelqu'un dire : « Pauvre garçon ! je ne croyais jamais le revoir ! »

On me descendit de cheval, et l'on me mit dans un bon lit, où je fus merveilleusement soigné par le cher petit docteur. J'étais sauvé

Le docteur de son côté avait été blessé, mais légèrement. Il me raconta les événements qui s'étaient passés dans les montagnes de San-Saba.

Il résulta de son récit que la troupe des Comanches était très nombreuse, qu'elle avait trouvé nos hommes dispersés par groupes et les avait attaqués séparément. L'affaire avait été chaude ; deux hommes avaient été tués, plusieurs autres blessés. Le docteur était du nombre de ces derniers ; il s'en était pourtant tiré, grâce à Hays et à la vigueur de son poney, et quoiqu'il se plaignît beaucoup, il avouait que mon cas avait été bien plus désespéré que le sien.

LES OURS GRIZZLY

———

Je vais vous raconter une
aventure qui m'est arrivée avec
des ours grizzly. Je voyageais
alors en compagnie de gens de
mœurs bizarres, des « chasseurs de chevelures, » dans les
montagnes, près de Santa-Fé,
où nous avions été ensevelis,
au moment où nous y pensions
le moins, dans les tourbillons
d'une neige épaisse qui nous

empêchait de continuer notre chemin et de quitter l'endroit où nous nous trouvions alors.

Le canon, vallée profonde dans laquelle nous avions établi notre camp, était difficile à franchir en toute saison, et dans ce moment surtout le sentier, couvert d'une épaisse couche de neige trop molle pour supporter notre poids, était devenu impraticable. Lorsque le jour parut, nous nous trouvâmes complètement enterrés.

La petite plate-forme sur laquelle nous étions campés, et qui pouvait avoir deux ou trois arpents d'étendue, exposée, comme elle l'était au vent qui

la balayait sans cesse, n'avait
pas jusqu'alors été encombrée
par la neige ; sa surface était
couverte de quelques pins
épars, mal venus et totalement
dépouillés de feuilles; il y avait
environ de cinquante à soixante pieds d'arbres en tout.
C'était avec ce bois que nous
entretenions nos feux ; mais à
quoi nous servait le feu puisque nous n'avions pas de
viande à faire cuire?

Depuis trois jours nous
étions sans vivres, entendez-
vous? mais cependant nous ne
nous trouvions pas tout à fait
sans nourriture. Les hommes
avaient découpé les fourreaux
de cuir de leurs fusils et les

doublures de peau de chat de leurs poches à balles, et on en voyait qui mangeaient, pour dernière ressource, — je me trompe pourtant, il en restait encore une, — on en voyait, dis-je, qui décousaient la semelle de leurs mocassins afin de s'en rassasier.

— L'horizon s'éclaircit un peu par là-bas.

Le trappeur Garey, qui s'était levé de sa place et se tenait tourné du côté de l'est, venait de prononcer ces paro'es.

En un mot nous fûmes tous sur pied, promenant d'avides regards dans la direction indiquée. C'était vrai! On apercevait une éclaircie dans le ciel de plomb qui nous assombrissait depuis si longtemps ; une longue bande jaunâtre, qui s'élargit pendant que nous la considérions, scindait l'horizon en deux. La neige devenait moins épaisse et ses flocons plus légers ; en moins de deux heures elle avait entièrement cessé de tomber.

Nous partîmes bientôt, au nombre de six, armés de nos carabines, dans le but d'aller explorer le bas de la vallée. Le désespoir et la faim paralysaient nos forces, et, l'un après l'autre, nous abandonnâmes l'entreprise pour retourner au camp.

Nous étions accroupis autour de nos feux, gardant tous un sombre silence. Garey continuait à marcher de long en large ; tantôt il contemplait le ciel, tantôt il s'agenouillait et passait la main sur la surface de la neige. Enfin il s'approcha du feu, et nous dit avec ce ton de voix lent, traînant et nasillard particulier aux Yankees :

— Je crois qu'il va geler.

— Eh bien ! supposons qu'il gèle ? demanda un de ses compagnons, sans se soucier qu'on répondit à sa question.

— S'il gèle ! répéta le trappeur, nous serons hors d'ici avant le lever du soleil, nous marcherons sur un sentier dur et bien battu.

Tout d'un coup un craquement se fit entendre au-dessus de nos têtes, on aurait dit le bruit que fait un arbre mort en se fendant. Un être de dimension énorme, un animal, s'était précipité et tombait, en roulant comme un tourbillon, du haut d'une galerie taillée à mi-côte dans le rocher. Un instant après il touchait à terre, la tête en avant, avec un fracas terrible, et bondissant à plusieurs pieds de hauteur, il retombait d'aplomb sur ses quatre pattes.

Un hurra involontaire fut poussé à l'instant par les chas-

seurs, qui tous, du premier
coup d'œil, avaient reconnu le
« carnero cimeron » ou bouquetin à grosses cornes. Il avait
franchi le précipice en deux
bonds, tombant chaque fois
sur ses énormes cornes, dont
la forme était celle de crois-
sants dentelés.

Pendant un instant, les
chasseurs et le gibier parurent
également surpris de se trouver en présence, ils restèrent
à se regarder en silence. Mais
aussitôt les premiers coururent à leurs carabines, et l'a-
nimal, revenu de sa surprise,
rejeta sa tête et ses cornes sur
ses épaules, et s'élança sur la
plate-forme. En douze ou

quinze bonds il était arrivé
sur la bordure du terrain couvert de neige, et il s'enfonça
dans ses molles profondeurs.
En même temps plusieurs
coups de feu retentirent, et on
put apercevoir derrière lui de
longues traces de sang. Il
allait toujours néanmoins,
sautant et bondissant au milieu de la neige, dans laquelle
il disparaissait souvent tout
entier.

Nous nous élançâmes sur
ses traces avec une ardeur pareille à celle de loups affamés;
les nombreuses taches qui
rougissaient le sentier nous
prouvaient que l'animal per-
dait tout son sang; et en effet,

à cinquante pas plus loin,
nous le trouvâmes expirant.

Un cri de joie fit connaître
à nos compagnons l'heureux
succès de notre chasse : nous
commencions déjà à traîner
notre proie vers le campement,
lorsque des clameurs partant
de la plate-forme vinrent
frapper nos oreilles. C'était
un mélange confus de voix
d'hommes, de cris de femmes,
entremêlés d'imprécations et
d'exclamations de terreur.

Nous nous précipitâmes
vers l'entrée du sentier qui
conduisait à notre lieu de
halte, et là nos yeux furent
témoins d'une scène bien faite
pour frapper d'épouvante le

cœur du plus courageux. Les chasseurs, les Indiens, les femmes, couraient çà et là comme des gens atteints de folie, poussant des hurlements horribles, impossibles à expliquer, se montrant l'un à l'autre du geste la cime des rochers. Nos regards se portèrent dans cette direction. Une rangée de créatures affreuses se tenaient au bord du précipice. Nous les reconnûmes aussitôt. C'étaient les monstres les plus redoutés de la montagne, c'étaient des ours grizzly.

Il y en avait cinq ! cinq en vue, sans compter ceux qui pouvaient se trouver attardés.

Cinq ours ; c'était plus qu'il n'en fallait pour nous exterminer tous, parqués dans un étroit espace, et affaiblis par la faim comme nous l'étions.

Ils étaient arrivés là à la poursuite du bouquetin, et on pouvait deviner à la lueur sinistre qui s'échappait de leurs yeux que la faim et la rage de se voir privés de leur proie les pousseraient à quelque extrémité. Deux d'entre eux étaient déjà parvenus en rampant jusqu'au bord de l'escarpement, en reniflant et en sondant le sol avec leurs pattes, comme s'ils cherchaient un endroit favorable pour descendre.

Les trois autres quadrupè-
des s'assirent sur leurs pattes
de derrière et se mirent à
faire manœuvrer leur train de
devant d'une façon extraordinaire, en exécutant la pan-
tomime la plus bizarre. On
aurait dit des hommes recou-
verts de peaux de bêtes.

Nous n'étions pas dans
une situation d'esprit qui nous
permît de prendre goût à ce
divertissement. Chacun se
hâta d'aller prendre ses armes, et ceux qui avaient fait
feu les rechargèrent au plus
vite.

— Arrêtez sur votre vie,
ne tirez pas ! s'écria Garey.

saisissant le canon du fusil de l'un des chasseurs.

L'avis venait trop tard. Une douzaine de balles sifflaient déjà dans la direction des ours.

L'effet de la fusillade fut celui qu'attendait le trappeur. Les ours, rendus furieux par les balles qui ne leur avaient fait pas plus de mal que des piqûres d'épingles, retombèrent sur leurs quatre pattes, et poussant des grognements de colère, se mirent en devoir de descendre.

La confusion fut alors à son comble. Quelques hommes, moins braves que leurs camarades, coururent se blottir dans la neige, tandis que d'autres grimpaient le long des pins qui se trouvaient à leur portée.

— Faites cacher les femmes! s'écria Garey. Allons donc, maudits fainéants d'Espagnols! Si vous ne voulez pas combattre, veillez aux femmes, tous tant que vous êtes, faites-les cacher dans la neige. Tas de lâches! pouah! vers la terre! pourceaux!

— Sauvez les femmes, docteur, dis-je à l'Allemand qui, selon moi, nous était d'un secours inutile pendant la bataille, et sans se faire prier, celui-ci, aidé de quelques Mexicains, entraînait les femmes effrayées vers l'endroit où nous avions laissé notre gibier.

La plupart d'entre nous savaient que, dans les circonstances actuelles, se cacher était pire que combattre. Les ours, rendus sagaces par leur férocité, nous auraient déterrés l'un après l'autre et massacrés en détail. Il fallait donc les attendre et leur livrer bataille : tel était le mot d'ordre, et nous étions résolus à ne pas nous départir de cette résolution.

Nous étions une douzaine de combattants en tout, y compris les Delawares et les

Shawonoes, Garey et les autres trappeurs

Nous ouvrîmes le feu sur
les ours qui couraient le long
des arêtes tortueuses du canon pour arriver jusqu'à
nous. Par malheur, nos carabines n'étaient pas en état,
nos doigts étaient roides de
froid et nos nerfs affaiblis par
la faim. Nos balles faisaient
saigner ces hideuses brutes,
mais aucune des blessures
n'était mortelle : nos coups
n'avaient d'autre résultat
que celui d'exciter leur
rage.

Quel moment terrible fut
celui où nous nous aperçû-
mes que nos dernières muni-

tions étaient épuisées sans que nous eussions eu la chance d'abattre un seul de nos ennemis ! Nous jetâmes de côté nos carabines, et, saisissant nos haches et nos couteaux de chasse, nous attendîmes de pied ferme ces farouches adversaires.

Nous nous étions avancés tous contre le rocher, afin de porter les premiers coups aux ours grizzly, qui, ordinairement, descendent à reculons. Nous fûmes encore déçus dans cette espérance. Arrivés à une galerie située à environ dix pieds au-dessus de la plate-forme , celui qui se trouvait en tête, s'apercevant de la position que nous occupions, hésita tout à coup : on aurait dit qu'il n'osait plus descendre. L'instant d'après, ses compagnons, rendus furieux par leurs blessures vinrent s'abattre sur la même galerie, et, soudain, tous les cinq se précipitèrent au milieu de nous.

Alors commença une lutte désespérée, que je ne saurais décrire. Les clameurs des coureurs des bois, les cris sauvages de nos alliés indiens, les rauques hurlements des ours, le bruit des tomahawks résonnant sur les crânes comme sur des cailloux, le cliquetis inexprimable des couteaux de

chasse, et puis, de temps à
autre, un gémissement hu-
main lorsqu'une griffe cro-
chue s'enfonçait dans les muscles de l'un de nous? C'était
une scène d'horreur qu'aucune plume ne saurait décrire
avec exactitude.

Partout, sur la plate-forme,
les hommes et les ours tom-
baient ensemble, se débattant
dans cette lutte suprême, d'où
dépendait la vie ou la mort, à
travers les arbres et dans les
profondeurs de la neige, qu'ils
teignaient ensemble de leur
sang.

A droite, deux ou trois chasseurs n'avaient qu'un ennemi
à combattre; à gauche, un

d'entre nous, plus brave, se défendait tout seul. Plusieurs étaient déjà étendus par terre, et à chaque instant, les ours, victorieux, diminuaient le nombre des nôtres.

J'avais été renversé dès le commencement de l'action. Lorsqu'il me fut possible de me remettre sur mes jambes, je vis l'animal qui m'avait attaqué étreindre dans ses bras le corps d'un homme qui gisait à terre. C'était Garey. Je me penchai sur l'ours et je le saisis par l'échine, afin de me soutenir, car j'étais tout étourdi de faiblesse ; nous en étions tous réduits là. Je frappai de toute ma force, et je lui enfonçai mon couteau dans les côtes.

L'animal féroce lâcha aussitôt le Français, et se retourna contre moi. Je voulus éviter son étreinte, et tout en marchant à reculons, je me défendis avec mon couteau.

Tout à coup j'arrivai près d'un trou rempli de neige et je tombai sur le dos. Au même instant, je sentis sur moi le corps pesant du grizzly, et le contact de ses griffes qui s'enfonçaient profondément dans mon épaule. L'haleine fétide du monstre me suffoquait, et tandis que je frappais au hasard de mon bras droit demeuré libre, nous roulâmes.

à plusieurs reprises, l'un sur l'autre.

J'étais aveuglé par la neige; mes forces m'abandonnaient; je perdais tout mon sang. Je poussai enfin un cri de désespoir; mais ma voix était si faible, qu'il eût été impossible de l'entendre à dix pas de moi. Un sifflement étrange parvint à mes oreilles; une lueur brillante me passa devant les yeux; un objet incandescent s'approcha de mon visage au point de me roussir la peau; je sentis une odeur de poils brûlés; j'entendais des voix qui se mêlaient aux rugissements de mon adversaire. Tout à coup les griffes se re-

tirèrent de ma chair, le poids
qui oppressait ma poitrine
disparut; j'étais seul, tout à
fait seul.

Je me remis sur mes pieds,
et me frottai les yeux pour en
faire disparaître la neige qui
m'aveuglait. Lorsque j'eus
recouvré la vue j'eus beau
regarder, je ne vis plus rien,
j'étais plongé dans un trou
profond, creusé par la lutte:
mais tout était calme devant
moi.

La neige qui m'entourait
était rougie par le sang; mais
qu'était devenu mon terrible
adversaire? qui m'avait déli-
vré de son étreinte mortelle?

Je parvins sur la plate-forme en chancelant. Là, une autre scène vint frapper mes regards. Un homme d'un aspect bizarre et fantastique courait de tous côtés tenant en main un tison gigantesque, la cime d'un pin tout entier enflammée comme une torche, qu'il brandissait dans l'air. Il poursuivait un ours, et, l'animal, hurlant de rage et de douleur, faisait tous ses efforts pour atteindre les rochers. Deux autres de ces monstres les avaient déjà gravis à moitié, bien qu'avec peine, car le sang coulait en abondance de leurs flancs criblés de blessures.

L'animal poursuivi attei-

gnit les hauteurs, poussé par
la flamme qui lui rôtissait les
côtes. Il fut bientôt hors de
la portée de son ennemi, qui
aussitôt se tourna vers un
quatrième aux 'prises avec
deux ou trois de nos compagnons. Celui-ci fut encore
mis en fuite et alla rejoindre
ses camarades sur les rochers.
Le chasseur fantastique cherchait le cinquième, mais il
avait disparu. Le sol était
jonché d'hommes blessés et
presque sans mouvement ;
quant à l'ours, on n'en voyait
point de traces. Il avait dû
s'échapper sous la neige.

J'en étais encore à me de-
mander quel était l'homme

an tison et d'où il avait pu venir. J'ai déjà dit que c'était un individu d'un aspect extraordinaire, et je n'ai rien exagéré. Il ne ressemblait à aucun des chasseurs de notre caravane, du moins je ne le connaissais pas. Il avait la tête chauve ou plutôt entièrement rasée. On ne découvrait aucun cheveu ni sur le crâne ni sur les tempes ; son front dénudé reluisait à la lueur du feu comme de l'ivoire poli. Mon esprit flottait encore dans une incertitude sans pareille, lorsqu'un de nos compagnons, Garey, encore étendu sur la plate-forme où l'avait couché un des ours, se leva tout à coup sur ses jambes en s'écriant :

— Bravo, docteur ! Mes amis, trois hurrahs pour le docteur.

A mon grand étonnement, je reconnus alors les traits de notre camarade, qui par l'absence de sa brune chevelure, avait opéré en lui une métamorphose si complète, que jamais je n'aurais pu croire qu'une perruque pût changer à ce point la physionomie d'un chrétien.

— Voilà votre toupet, docteur ! s'écria Gârey, qui accourait porteur du « gazon. » De par le tonnerre! vous nous avez tous sauvés. Et le chasseur étreignit l'Allemand dans ses bras nerveux.

Partout, autour de nous, on ne voyait que des blessés, qui, rampant sur la neige, se réunirent peu à peu. Mais où pouvait être le cinquième ours, puisqu'on n'en avait vu que quatre s'enfuir à travers les rochers ?

— Le voilà, fit une voix.

Une légère ondulation sous la croûte de la neige nous prouva que quelque animal cherchait à se frayer un passage en dessous.

Plusieurs d'entre nous prirent leurs carabines pour se mettre à sa poursuite ; le docteur s'arma d'un nouveau tison ; mais bien avant que nous eussions eu le temps de faire nos préparatifs, un cri formidable vint encore faire figer notre sang dans nos veines. Aussitôt les Indiens, saisissant leurs tomakaws, s'élancèrent en bondissant vers l'ouverture du sentier. Ils savaient bien ce que voulait dire ce « whoop » inattendu : c'était le cri de mort d'un guerrier de leur tribu.

Ils se glissèrent dans le sentier que nous avions frayé le matin, suivis de ceux qui avaient pu recharger leurs armes. Du sommet de la plate-forme, nous les suivions d'un œil inquiet ; mais avant qu'ils ne fussent arrivés au lieu du combat la voix s'était éteinte. Il nous parut évident que la lutte avait cessé.

Nous attendions dans un morne silence. Le mouvement de la neige nous indiquait la rapidité de la course des Peaux-Rouges. Ils arrivèrent enfin sur le champ de bataille; mais une fois parvenus là, comme tout rentra dans le calme le plus profond, nous prévîmes qu'une catastrophe était arrivée. Le sort de l'Indien nous fut bientôt annoncé par une exclamation sauvage pleine de tristesse qui fit retentir l'écho du canon entier de ces accents lugubres; elle annonçait la mort d'un guerrier thawano.

Ils avaient trouvé leur brave camarade expirant au moment où il avait planté son couteau dans le cœur de son terrible adversaire !...

Ce souper de viande d'ours nous coûtait chair ; mais la mort de notre camarade sauvait la vie des autres ; c'était un sacrifice providentiel !

Nous gardâmes le bouquetin pour le repos du lendemain ; le jour suivant nous mangerions la racine, et après cela... quoi?

— Un homme, peut-être.

Heureusement, nous ne fûmes pas réduits à cette ex-

trémité. La gelée était reve-
nue, et la surface de la neige,
détrempée d'abord par le soleil et la pluie, se durcit bientôt et put supporter notre
poids. Il nous fut enfin possible de sortir de ce dangereux passage et de gagner
tranquillement les régions
plus tempérées de la plaine.

FIN

TABLE

—

FIN DE LA TABLE.

Limoges. — Imp. E. ARDANT et Cie.

www.ingramcontent.com/pod-product-compliance
Lightning Source LLC
Chambersburg PA
CBHW060832250626
47162CB00005B/2037